歌集

安曇野慕情

青柳幸秀

Aoyagi Yukihide

洪水企画

歌集　安曇野慕情／目次

三章　寂しき方へ

四章　遠野の風

カバー写真
大王わさび農場の水車……
浅川　隆（安曇野のデザイナー）
常念岳と拾ケ堰……
藤原理康（安曇印刷）

歌集　安曇野慕情

青柳幸秀

一章　俺のふるさと

有明山

生き古りてさみしきときは離山《はんなれ》の縄文土器の笛吹きゆかむ

猿の長《をさ》吼えてをらむかひもじさに有明山に日の暮るるころ

疲れきて夕べ吾が飲む食前酒《アペリチフ》少し多目に妻のをらねば

安曇野は常念岳の屹《た》つところ老いて吾が持つ杖突くところ

雪風《しま》巻くかなたときをり顔を出す孤影は冥し常念岳の

白馬嶺の空に極まるまぶしさに声なく歩むおらがふる里

いつみてもいつもおほらか安曇野は心のふる里母なる大地

アルプスの空に峙《そばた》つうれしさに宇宙の静止心待ちする

宇宙《そら》めざし屹立《た》つ常念の峰越えて美しく広がれ明日へののぞみ

槍の秀は声をからせど尖る山祖父と呼んでも　父と呼んでも

もの言はぬ常念岳を思ひつつ冬の太陽ふところに抱く

春の入り口

そびえたつ常念岳あり酒もあり安曇野はわが心のより処

清流の山すそ深く入りゆかむさびしき心もてあましつつ

まなかひに白馬三山立ち誇るここの平野は新春《はる》の入り口

野仏のほほゑむままに日の暮れて星が呼びかく安曇の里に

縄文の血をひく裔《すゑ》か穏かなけふの没り日を心にいだく

ははの背にみたる夕日が吾を喚《よ》ぶ　母の想ひをここに顕《た》たせて

さらさらと空よりこぼるる日をうけていま常念岳に真対ふところ

鍋かむり山にけふの夕日が落ちてゆく一人の旅を終へて　しばらく

凍るとも復《ま》たまた霜の降りてくるきびしき里かおらの住処は
ざるそばの蕎麦の滴をすするたび亡父《ちち》の願ひが胸まで届く

明日咲く花

終の日はいつくるものか一本《ひともと》の病葉《わくらば》さへも命燃やして

食パンの片耳少し残しおき鳥も祝へよ吾が八十五歳

やうやくに辿り着きたり八十五歳　積年の傷を舐めながら来て

ゲートボールの球の行方をなぞりつつ眠れぬままのひと夜始まる

人生の塵提げてゆかむか死ぬときは柩に入るる花はなくとも

いましばし父亡きあとを生きてをり軒端に孫と月を眺めて

細りゆく命の先を思ひつつ明日咲く花の種を蒔《ま》かむか

ひなげし

緒を切りて空に投げたる下駄のこと　ぎらぎら燃ゆる太陽のこと

水やれば復《ま》た立ち直る白菊を惨《いたみ》つくして終る正月*

*先妣祥月命日

遠き日の記憶の窓の真ん中に割烹着姿の母さんが見ゆ

やわらかな盆の日差しのさびしさに「希望」と言ふ字を筆太に描く

「ひなげし」は神にそむきて咲くと言ふ敗れし国を嘆かむ亡母《はは》と

ひとりだけ壺にゆられて逝くときもさくらは桜の花を噴かしむ

目をこらし一途に来たる吾がめぐり峠そばだつ懸崖のごと

陽のあたる日もありかげる日もありて蛇の目の傘を大きく展《ひら》く

その昔

むらさきの紫式部の花いつか咲く日あらむか心の中に

腹いっぱいめしをくっても立ち止まることもせざりき昔の人は

うす寒き八十五年をうたがはず桜の匂ふ園に入らむか

その昔　父が蓑笠しめてをりめぐりの山に日の沈むなか

向日葵は太陽の花　夢の花　吾があこがれの宇宙《コスモス》の花

花曼珠沙華

つつぬけに美しき花向日葵は忘れぬ女《ひと》を想はせて　いま

「夏逝けば一切すてよ棄てされよ」と夜にそむきて咲くか向日葵

ひたむきに春まちをれば少しだけ空の明かりがほのかあかるむ

「ありがたう」その一言がうれしくて昔の愛を美しくする

明け方に弥生の風が吹きつのるあら塩のごとき音をたてつつ

かかり結びの法則などとは思はねど独り野に咲く花曼珠沙華

山の端にきれぎれの紅むすぶとも永遠にあれかし曼珠沙華の花

松明《たいまつ》は山のあなた歓喜光　わたしの命のともし火の色

始祖鳥が宇宙《そら》のどこかで鳴いてゐるこれの地球に人と生れて

八十五度目の秋が来ました細る手でせめて干柿軒に吊さむ

初夏のすがしき景と記しおく息吹きかへす山の葉桜

真昼の月

「ずら」と言ふ信濃の方言ささやけば渇きをしらぬ原風景が

よこしまな吾の心に降る雪か　自然の怒りいつまで続く

やがてくる死の裁きにも身構へて襟立て歩む一直線に

鞦韆の風に揺られてのぼりゆく真つ赤な太陽　真昼の月も

「青い手紙」いつぱいくれよ齋藤史《ふみ》　うすいガラスの窓に待つから

天上のきみを思ひて香焚けばあまりに白き芍薬の花

ふと覚めて北斗をみれば耐へがたく涙の壷を抱くときあり

たまゆらに点るは一つ汝が星か命の炎もやしつづけて

麦の潮騒

一本の杖が頼りとなりにけり腰をいたはり麦畑に立つ

稚くも直ぐ立つ麦をみてをりぬ春の光の満ちくる中に

湧き立ちて入道雲となる空に惚けたる春の薄紙をはぐ

とこ夏と言ふには早し風吹けば空に鳴るなり麦の細笛

選ばれし神の姿か強風にあふられながらも麦の戦ぐは

いつか入る白磁の壺の冷たさよ灰となりても魂のある

〈枯すすき〉は八十歳《やそ》まで生き来し愛唱歌　麦の緑の中歩み来て

野仏のふところに深く眠りたし野良の仕事につかれはてきて

海のなき信濃にありて日もすがら麦畑に聴く青き潮騒

一粒の麦を手にして食べて来し縄文人も遠きみ祖《おや》も

日ごと来て麦の戦ぎを見守るはあと幾年か奥津城までの

オフェリアの恋の歓びかぎりなく麦戦がせて闌けてくる春

ベートーヴェンのタクトならねどフォルティシモ第九の合唱　麦の雄たけび

みどりの絨毯

大漁は海より来たる吾が膳に波打ちよする「さねさし」の唄

麦畑はみどりの絨毯しばらくは「まほろば」の原を思ひみるかな

むつつりと起きては眠るまたねむる地蔵は春の陽を浴びながら

葉桜が声挙げてゐる庭先は誰も入れない吾の聖域

雲の湧く空のはたてに声を得て汝を呼ぶなり吾が相聞歌

祖のふるさと

すさりゆく心の裡を閉ざしつつ庭に置くなり芍薬の花

山なみを水田に映す安曇野は稲をはぐくむ祖《おや》のふるさと

父が研ぎ吾が研ぎゐるこの鎌は三日月にしていまも鋭し

青あらし吹けば思ひぬ父と来て馬草刈りたる鎌の切つ先

朝なさな馬草刈りては背負ひゐし父の背中をいまに思ふも

貧しさに耐へ来し祖か鎌の柄は手あかなくとも凹みを遺す

そそり立つ山またやまの奥深く息をひそめて祖父《そふ》と石仏

肩寄せて手をとりてゐる道祖神　アダムとイヴが目の前に立つ

六月は夏越《なごし》の祓《はらへ》　夏祓《なつばらへ》　熟れたる麦の秋となる月

誇り高き言葉ならねどひそかにも百姓と呼ばれて騒ぐ血のある

幾世代農に生きたる証とし馬頭観音在《ま》しますここに

米俵蔵《しま》ふと造りし土蔵なり壁崩《く》えつつも遺れる　いまも

つば下げて立つは哀しき物語案山子はすでに老けてしまへど

またしても真白き雪が日を返す吾に奢りの罪暴くごと

祖父の写真

落胤の祖の嘆きを風に聴く心乱れて雨にぬれても

いちにちの勤めはたして没る夕日まるき地球の償ひなるも

麦わら帽かぶりてゆかな田を畑を日暮見まはる夕日をうけて

永らへていつ果つるとも真夜覚めて思ふはしきり亡き父の寝顔《かほ》

いつの日か祖と呼ばるるその日まで遺しておかむ足跡　少し

生きをれば百五十歳となる祖父の写真が視てをりセピア色して

子の嫁の作りくれたる夕めしに粒貝あまたつむりてゐたり

飢餓を知る今の豊かな晩餐は科のごとしも　歳老《よはひ》けても

穫り入れの終れば山に炭焼きぬ　冬のうからの炬燵の炭に

お種の水湧きてをらむか父と来て山の仕事の炊《かし》ぎせし日よ

常念岳に向かひて登る一の沢　山の獣の水浴むところ

吊り橋の一本《ひともと》架かる端に立ち思ひなぞりぬ　彼岸と言ふを

老い吾は大糸線に身をまかせ揺られてゐたし現実《うつつ》逃がれむと

エンジンをかけてハンドル握るなり軽トラックに夕日を載せて

二章　縄文人の血

ピンコロ地蔵

この国の行末思へば淋しさに空につばはき終る一日

ひとすぢの光明さへも見失ふまじと来りぬ　長き戦後を

東北の災禍の嘆きなだめつつ思ひは及ぶここ安曇野に

飲食《おんじき》はホモサピエンスのはかなごと原発の電気たよる暮しに

ペットボトルに聴いておくれよこののちはペットボトルの口が待つから

この世から逃がれゆかむよあの世までピンコロ地蔵にお金を積んで

コーヒーにミルク数滴たらしをり　言ひそびれたる苦き思ひに

おにぎりはコンビニの棚に並ぶもの三角のかど少し怒らせて

マリオネット

日の没れば杉の根方に休みをり草刈りあとの淋しさのなか

ひとつづつ展きてゆけば十指ありなにかが足らぬ母しのぶには

切つ先の鋭き名刺手渡され返す名刺は吾が信州弁

農業に命かけ来し戦後あり　マリオネットか今に思へば

幼らは夕べ草摘む野の涯にアンデルセンの羊となりて

落ち穂拾ひ

寝布団の隅を引き寄せ肩にかく妻の夢路のこと切れぬため

忘れるなき昔のありてふり返る望遠鏡のつつを伸ばして

すぢ書のあらぬこの世に生かされて自ら選べぬあと幾日は

木枯しにじつと耐へゐる木の先のわづか色増す空をうべなふ

雨こぼす雲とは言へど手に載せて変幻自在に吾を苛む

一本《ひともと》の稲穂かざして見る様《さま》に縄文人の血潮たぎり来

歳月は戻れざるもの老いていま膝病む妻と腰やむ吾と

携帯電話《けいたい》を操る孫よ永らへて老農の覚悟しかとのこさむ

忘却はかくも美し　秋の田に落穂拾ひぬ腰をかがめて

石仏に香たむくれど笑みもせずまれに美し　世の盛衰は

野仏に花を供へて春を待つ世のおとろへは常なるものを

納屋隅

渇きゆく畑を眺めて立ちつくす豪雨のあとのこの天変に

ショーウィンドーに飾りておかむ「蓑・草鞋」資源枯渇の世のくるまでは

むかし昔ポンペイに廃墟の遺跡あり真似てゆくのか今の地球は

納屋隅に蓑と草鞋が発光しこの世怒《いか》れと吾をうながす

田に一度顔を出さねば眠られず荒れ畑に立ちのぞく地の底

有明山に雲湧きくれば雨降ると教へくれしよ　父とそのちち

よだれ掛けかけ替へられて石仏は笑ふでもなく　怒るでもなく

脊柱管狭窄症に腰まがり二足歩行の一歩が出せぬ

三年日記

腰曲り杖をたよりに歩き出す明日のひと日が信じ難くて

脊柱管狭窄症はお友達ついてゆくにも一歩が出せぬ

十足ほど歩いて座つてまたあるく農業に欲をかきすぎた罪

百姓はいまも現役寝る前に　三年日記にペンをはしらす

モノクロの写真の中の亡父《ちち》の目がこちら見てをり射貫くかたちに

野面石拾ひておかむかはるか日の己のいのちの仏のために

黄泉《よみ》の切符いただけないから死ねもせずに明かりを点す古きランプ

砂時計

信ずるものなにもなければ野良に出て雲の名を呼ぶ応へなけれど

砂時計の最後の砂をみてをりぬ終の自分を量《はか》る代りに

おにぎりのレシートあまた隠しもつコンビニ通ひと言はるる妻に

九十三で逝きたる母よ　あと少し命の炎を消さないでくれ

音もなく降り積む雪よ十月の稲刈りあとにまた冬がきて

残生はいかにか生きむ公園のベンチに独り頬かむりして

縄文の土鈴は夕べ風に鳴りねぼけたふたつの耳をくすぐる

縄文の埴輪は闇を食ひ足らひ小さき唇もつを愛しむ

野沢菜

らんまんの春のあるべし老い妻と種こぼすなり盆に供へむと

新春《はる》の雪踏みてゆかむか麓まで常念岳が呼んでゐるから

冬の銀河と名つく星団見つけたり畑帰りの道の休みに

さしあたり蓑と草鞋をたづさへて逝かむと思ふ父待つ黄泉《よみ》へ

おほ祖《ちち》の使ひ古しの万能を蔵ひおくなり　農の心根

二度三度霜が下りきて野沢菜を漬けるによろしと妻と出で発つ

ともかくも国の基《もとゐ》と言はれきて八十余年百姓吾は

紋白蝶

空の窓閉づると思ふさみしさにまぎれゆきたり吾が紋白蝶

億年のアルプス連山望みつつひたすら思ふ祖《おや》の血すぢを

己がふぐりしつかり握り寝につかむ　常念颪の吹き荒ぶ夜は

颱風の予報円ひろくふくらみて日本列島夏真つ盛り

まなぶたを閉じては眠るさみしさも　乾きすぎたる吾が唇も

あぢさゐの花ある毬を太らせて降りみふらずみ安曇野の雨

紫のあぢさゐの毬重ければ梅雨降る空をなほ深くする

空に鳥啼く

月があり　空もまたあり　風もあり　立っているのに心吸はれて

店先のたい焼きふたつ口に入れ来年までも生きてゆきたし

ふたたびは集ひ寄りくる鰯雲まよふ姿の縮図にも似て

新しき傘展けば秋となり見たこともなき空の手のひら

頰をなで吹きてゆく風　騒ぐ風　空の器にふれてはみたが

ふたたびは還ることなきけふの日を思へとばかり夕日の届く

ひもじさも貧乏ゆすりも生きて来し証の一つ　空に鳥啼く

短歌にはあらざるものを一日の揺れる心に数行を割く

秋桜《コスモス》

遠巻に心の中をのぞきみる誰かがきつと口を閉ざして

秋桜《コスモス》の浅き眠りをくぐり抜け空を流れる雲によりそふ

どうしても越さねばならぬ背《せな》がありし声かけながら一歩ふみ出す

秋草はなべて実をもちそれぞれに小さき命すでに宿せり

千年の夢をあらはに降る氷雨おもたき雨の意志を伝へて

母さんは夜なよな繕ひするはずだつた写真に涙をこぼす

つかれきて今日の仕事を語りあふ地蔵菩薩の眼差のなか

まんまるな石仏《いし》の頭《つむり》をなぞりをり二足歩行の祖と思ひて

暖簾

一握の土と言へども捨てがたし八十余年農につかれ来て

しるべなす花は枯れつつ穂をかかげ黄泉《よみ》の方へと吾をいざなふ

いちにちの幕をおろせと沈む日よ　明日《あした》になればのぼりくるのに

わづかにも光のこして今日の日は落ちてゆくなり常念岳に

東京は哀しみの街夢のまち夕べとなれば暖簾《のれん》がさそふ

この頃は妻の願ひを思ひをり手術のあとの膝の痛みに

日の没れば一樹となりて夢をみる昔の人を思ひながらも

ローカル線の音はゆりかごそのときは乗らねばならぬ終の電車に

アルプスの空

ゆつくりと歩いてゆかうかしばらくはまわりの景に足をとどめて

おだやかに暮るる日もあり晴るるあり古き囲炉裏に祖母と祖父ゐて

ひたむきにビルの階段かけのぼり霜のくるのを待つことしばし

透明なうすき空気を吸ひながら息吹きかけて磨くガラス戸

こつぜんと春は来たりて離《さか》りゆく地球の自転少し早めて

愛などは俺には無縁　大空に炎となりて雲の広がれ

誰恋ふと言ふにあらねど冴えてくる月ありアルプスの空一隅に

ゼブラゾーン

八十路坂五年を越えて確かなり医者に行くこと　めしを食ふこと

世の中の道のしるべかゼブラゾーン遮るものを手に除けながら

この先はいづこに向かふゼブラゾーン考へながら　杖つきながら

ゼブラゾーンの続く道なりこれからは老人用車輌にこの身あづけて

歳経れば祖の来し方たどりゆくゼブラゾーンの遮断機おして

にんげんが人間として生きる道街の歩道も赤信号も

村辻に老人用ボタンが灯を点しこの世のさきは「よもつひらさか」

鳳凰も迦陵頻伽も夢ならず千古の道ははるかにつづく

悪童丸

世に在るは神のたはむれみ祖らの汚れた恋の仇花として

悪童丸の足あとすでに廃れゆき枯野の中の奥津城が待つ

背きたる遠き日のありここにきて父の歳をこえて幾年

音もなく降りつづく雨に仕方なくこらへて思ふ世のまつりごと

北風に枝しなはせて耐へてゐるこは老木の意志の一つか

これの地に果てにし人の声かとも常念岳のこだまがさそふ

人をらぬブランコ空にゆれてをり限りもあらぬ夢のつづきに

がんを病み逝きしきみゆゑ手離せぬ心の中の白き手袋

拾ひ来て墓処《ど》に置けば石重し祖より継ぎしもののあまたも

途中下車を知らない私いつまでも亡父《ちち》の足あと走りつづけて

三章　寂しき方へ

足しのばせて

一瞬のいのちと思ふ日の没りて野はすべからく臨終のいろ

咲き了《を》へてとぎれとぎれに息をする花のいのちに吹けよ春風

老木は己が世界に戦ぎをり風に従ふ余裕を持ちて

百姓の嘆きと思ふ秋風に農の行方は吾のみぞ識る

秋桜《コスモス》の花が揺らぎて風を呼ぶどつこい俺は生きてゐるのに

しろき雨　白きがままに落ちてくるぽつかり空いた吾の心に

ことはの野辺の客人《まらうど》　太陽は億年前のあかりをこぼす

日もすがら日射しのあへぐ安曇野に苔の地蔵も老《ふ》けて候

足かばひ腰に手をあて歩みゆくこの世捨てたる翁がひとり

「とこ夏」の世界が不意に踊り出す　こんなに葉桜美しくとも

をちこちは綿毛のごとき人らをりこの遊星の着くはいづ方

山の秀を拳のごとく押し立てて拒むものありひそと生きねば

ひとしきり安曇野灼きたる日の没りて神の祈りのごとき夕映

ふりむけば枯草のみの丘のあり春待ちがほの水仙の花

再びは還ることなき現実に新宿行きの車輪がうごく

終の日はいつくるものか存《なが》へて己が影踏む足しのばせて

さらばへて畢るひと世かすべからく誰にも言へぬ傷を舐めつつ

五線紙

鵯《ひよどり》の一羽いち羽が符となりて五線紙さながら春のたまもの

神などはあらざるものをブランコが下りて来たれば縋らむとする

ドアのノブ触るる音して誰を待つ心の虚《うろ》の埋まらぬままに

信ずるものなにもなければ独り来て雲に声かく応へなければど

自販機がとぼしき光こぼしをり誰も識《し》らない日本の行方

限界集落に点る灯りはなんの色　考へながら杖つきて行く

あるときは寂しき方になだれゆく心捨てよと花苑のぞく

五線紙にあらざるものを風の音《と》が心の傷をなほ深くする

全力でペダルをこげば日没がさらに真赫になりて迫り来

離《さか》りゆく空の雲あり復《かへ》すあり　それでも女《ひと》は待たるるものを

父の背を思ひ出しては畑に来つかぼそき糸をたぐる思ひに

托鉢

この年の冬の重荷をおろせども春の扉はまだ半びらき

観音のうすき眠りに誘はれ仏とならむよはひ近づく

きら星が夜のくるのを告げてをりなにもて埋めむ胸のうちがは

托鉢の僧にも似たる心地してまぎれゆきたし　苦節をこえて

影法師

つつましく短歌《うた》詠むたびに蘇る一輪挿しの花のいきづき

福寿草の花のひらくを見とどけて首をもたげてくる影法師

呼ぶ谺　呼ばるるこだまそれぞれにありて退りゆく夕映のいろ

いち輪の花もて歩む野の涯の闇に消えたり迦陵頻伽は

真夜中の空に指《おゆび》をさし入れてまだ見ぬ星のありかを探す

世捨人

心して吹けよ春風わたくしの弾む気持をゆらしながらも

赤あかと燃ゆる日輪　いまはるか亡母《はは》の背中に夕日拝みき

よくみれば一輪挿の花姿　うつし身なべて管にゆだねて

風に抗ふ葦があるから冬となる地球の自転きしむときにも

杉の木の葉先が風になびくたび空の戦は終盤に入る

紫陽花の花毬の中に埋もれて今年いち年生きてゆけたら

少しづつ余力のこして沈む日に老いたる吾は口笛を吹く

ゆきずりの風と思へず夕方の杉の木立を鳴らしてゐるは

貝殻と人間

〈昭和枯れすすき〉の唄のさびれゆく日よりひとりの旅が始まる

真つすぐに歩み来たりて今がある青信号など信じぬけれど

遠からず海に還るを諾はむ　たとへば「貝殻」そして「人間」

誰しもが渉る海峡心して行かねばならぬ終のその日は

離《さか》りては復《ま》た集ひくる茜雲生き来し昔の縮図にも似て

安曇野の裔なる中のいちにんで信濃訛りの毒すこしもつ

全力で咲き切る花をみるたびに命が踊るあといくばくの

いつの日か土に還らむときくれば一生《ひとよ》の澱を提げてゆかむよ

明日からは土にまみれた指先にワインの香る花を飾らむ

二度三度声をからして叫べども木霊は遊ぶ常念岳に

自販機

逃れ来し先祖の血すぢ問はねども隠《こも》るほかなし安曇野の地に

老いたれど生きねばならぬ　北風にしかと向きあふ刃をむけて

別されはわたしの泉人しれず自販機の明り灯されてゐて

赤きリンゴ頬張る冬よ　安曇野に生きていま在る命癒さむ

老いてなほ己がつくりし飯食めばたべよと母の声が聴ゆる

日照雨《そばへ》とは別れた女の通り雨いちどは傘をさしてはみたが

田起しにつかれた腕をなだめつつ残り世の鈴いかに振らむか

亡き父よ祖父《おほちち》ぎみよ出でて見よ昔と同じ沈む夕日に

道祖神

風船は夢のゆりかごこののちに何があるのか　なにが待つのか

古への詩歌をひとり繙けば啄木よりの風はおだやか

ゆく秋の細き光を浴びながら道祖神《くなど》は見えぬ眼をひらく

面輪さへ定かならざる石仏にこの世限りの桜《はな》降りて来よ

草かげに小さく在《おは》す石仏もこの世見つめて千年の経つ

目も口もあらぬほとけは無縁仏しる人なきにおほかたは立つ

安曇野の石仏《ほとけ》の胸には天明の飢ゑの記録の刻まれてあり

ひとの世の風にも耐へて野の仏はよくよくみれば祈りのかたち

心根の愛《かな》しきひとを祀りしか赤きよだれのこの石仏は

道隈の石の地蔵は苔のなかただひたすらに眠りゐたまふ

よだれ掛け

口べらしの時代を過ぎていつからか水子地蔵の咲かするほほゑみ

おほかたは刻む名もなき石仏は人の縁のうすかりしこと

安曇野の石の仏はよだれ掛けかけ替へながら女《ひと》を待つのか

み仏の謂れをここに問ひゆくに黙ししままに開かぬ眼ざし

〈枯れすすき〉のうたが寂びれてゆくときも心の中の炎が燃ゆる

天心に母の墓標は見えてをりいづこ供へむ「白菊」の花

残り世は常念岳を眺めつつ短歌《うた》の世界に花を飾らむ

四章　遠野の風

幽界の扉

この俺を野に立つ案山子といはば言へ　姿かたちは変はりてをれど

吾が夢は千年までもさかのぼる急《せ》きてはならぬ人の世の旅

これの世の巷さからふ破《や》れ姿　野に立つ案山子も風うけて立つ

たらちねの母と憶へば骨壺の蓋をずらして息を吹きやる

巷吹く風に研がれて冬となる無縁仏も私も　また

さみしさの募る縁《よすが》にまみえたり風にさからふ栖の大樹に

北斗星とも見ゆる夕べの食卓にグラスふたつを置くほかはなく

小春日の陽光《ひかげ》こぼる公園に化石とみせて身を曝しをり

かをりたつ線香にぎり幽界の扉開くを待つ　いまかいまかと

野葡萄のごとく鎮まる素墓に命あづけるときの近づく

長ながと続くくら闇ぬけ得ずに終の日くるを心待ちする

さみしさのつのりきたれば会ひに行く「老残」と言ふ一本杉《ひともと》に

ただただに過ぎてゆくなり死も生も束の間のこと　白き雲湧く

風の音叉

いわし雲ほどけて今日から夏となる風の音叉の奏で始めて

せせらぎは空より来る雄たけびとなりて真夏の空さえわたる

うら稚《わか》き夏もあるべしこれからはみどりの風に帆を張る吾は

宇宙《そら》の器まはりつづけて夏となる命の明かり炎と化して

田の面吹くみどりの風をみてをれば侘しかりしよ吾の余生は

億兆の花を握れどかなはざりうす紅桜の点す花びら

アルプスの頂き近く湧く雲に空のキャンバスただちに展く

星屑のしばらく遊ぶ空遠くいまは世に亡ききみを思へる

古都つれづれ

いつ来ても京の都はうれしかり昔は祇園　いま嵯峨野みち

渡月橋　はしの向かひは西芳寺まだ見ぬ苔をここに探して

野分きかぜ風に吹かれて散る紅葉《もみぢ》　小倉の山のけふの明け暮れ

枯れ葉散る中にひそまる小倉山　定家に会はむか旅の終りに

小倉山に枯れ葉乱して吹く風は僅か残れるもみぢ散らして

小倉山　風のとよみに病葉《わくらば》の二つ三つ落つ　おつる寂しさ

久久に小倉の山を尋ねきて風に吹かれて急ぐ病葉《わくらば》

み仏の歩まぬ道はほの暗く嵯峨野　竹林　ここは化野

化野へ急ぐ夕べの道暗く水子地蔵にあるよだれかけ

わくら葉のひとつふたつに雨注ぎ無縁仏に夕日かたぶく

化野の祇園精舎の鐘の音は水子の声となりてひびき来

ひそかなる威厳かくして眠りゐる無縁仏に雨しきり降る

また来むかここは化野　水子地蔵　吾は今でも色欲る男

みあかしのかげ灯籠に灯が点り水子地蔵に注ぐ夕映え

面輪すら定かならざる石仏に音なく注ぐ歳晩の雨

足音の過ぎ行きの見ゆ化野に苔に埋もれて眠る無縁仏

永久《とは》の眠り楽しむごとき石仏はいづれ変らぬ貌《かほ》を並べて

むす苔に永久《とは》の眠りの無縁仏　いくとせぶりか訪ひてきたれど

けふの日は小倉の山にかたぶくも定家のをらぬ寂しさここに

嵯峨み野に遊ぶひと日のあけくれに久しぶりなる漬けものを購《か》ふ

また来むか　定家のをらぬ小倉山万葉集の声呼ぶからに

また来むか　昔のままの化野を俺にも世に亡き子のありてこそ

また来むか　むかしのままの都路を祇園の女あまた求めて

春の雨

ふたたびはきみの手鏡磨けども契りの糸はもう写さない

枯れ草の中に埋もるる汝が墓を言葉かけつつ吾が抱き起こす

相傘の竹の先より落ちてくる誰の涙か　あれよふたたび

カリヨンの秀弦にふれて渡る橋手すりの外は「春の海」です

こらす瞳《め》に空の裂けめは写らねど人恋ふ心しづかに動く

いやおひの安曇の空の明かるさに老けて野を行く翁がひとり

レクイエム　しばらく休んで降る雨に傘をさすなりひと日のはての

いち日の仕事の末に飲む酒は昔どぶろく　いま発泡酒

階段を直《すぐ》に上がれば空があるここに広がれ春のあけぼの

「有明山」明日思はする山の名を心にきざみふるさとの唄

秋の本番

さみしさや。木の花もどきの葉を載せて飯食《いひ》をれば心みちくる

窓からのさし入る朝日背にうけて少しばかりの空とり戻す

春は花。夏は太陽。秋は風。なにか急ぐこの世の旅は

いづこにも「アマデウス」の曲ひびき合ふ安曇の里は秋の本番

学舎に「蛍の光」消えてのち月の光の傾き始む

フラスコにカサブランカの家写りゐて昔の女《ひと》を思ふいくたり

終電がむかしの音をたつるとも青い光を放つ彗星

夕霧をびつしりと浴び逃げてゆくけがれし夢のあとの始末に

眠れねばマスク外してねむるとき一夜の夢はゆりかごのうた

目ざむれば風にまぎれてくる音叉　誰恋ふと言ふ女《ひと》のをらねど

地球の磁場

ふる里は信州しなのの安曇野で　真赤な太陽あれば言祝ぐ

つかれたる今日の気持をなだめつつ降りまさりくる暮れ方の雨

風さそふ山の紅葉《もみぢ》の寂しさよ山脈《やまなみ》なべて燃やしつくして

おとなしく地球の磁場を思ふなり風のいざなふ枯れ葉の音に

瞳《め》の中の眼《まなこ》みひらきしばらくは全き紅葉の岳《やま》を見放くる

紅葉は落ち葉が上に散り乱れ新たに冬の訪《と》ひくる気配
裸木《はだかぎ》となりて気高き祖《おや》のごと　一本《ひともと》ぶなの冬の直立
つむる瞳《め》になほ鮮やかに声あげて落ちてゆくなりここの紅葉は

はからずも烏川の谷の紅葉は川瀬の嘆きおきざりにして

もてあそぶ枯れ葉いちまい掌に載せて今年の秋の哀しみとする

滅びゆく幼き象《かたち》いさぎよく　連山ほのほの木の葉　病《わくら》ば

ひたむきに梢《うれ》より逃がれゆく枯れ葉　八十五歳の吾が立ち姿

十月*には八十五歳が待つてゐる昔の友に思ひはせつつ

*十月は誕生日

霜の結晶

安曇野の　かれ葉一枚手に載せてまづしき戦後今に思ふも

十月は少しの雨にも傘をさすあめの匂ひのする安曇野に

この歳《とし》まで生きてしまひし過ちにやがては土に還る　遠からず

紙障子に霜の結晶むすばせて今亡き母のあんどんとする

折り節に思ふは人のわだかまり　八十五歳になつてはみたが

あらかじめ人間のもつ図太さを嗅ぎてゆかむか霧ふる街に

夕焼が冬の垂れ幕ひき下ろし「田園」の曲にある終章は

しゆく粛と歩く野道に木洩れ日の揺れまさりつつ　今が始まる

目をつむる　つむるほど濃くなる危ふさにそぼ降る雨は本降りとなる

強風にあふられきたる街角に人いくたりか己が影置く

拾ケ堰

夕焼の空に溪ありとどまるは光の束か　それとも晩夏

仰角にみる太陽は冬の旅　草鞋なくとも急ぐ暮れ方

拾ケ堰の川は安曇野うるほして昔の海へ還る　そのうち

亡父《ちち》がゐておほ祖《ちち》もゐて　馬もゐて俺の安曇野まだ大丈夫

新しき姿そのまま屹《た》ちてゐる常念岳は俺のシンボル

コーヒーにミルク注げば目に写る荒野にのこる亡母《はは》の姿が

白い鴉も迦陵頻伽も幻とならぬときあり空をみつめて

遠からずさまよふ船なれ漕ぎ出でむ願はくばわが拾ケ堰より

ニースの海

秋のみず溶けこむやうに日の没りて月冴えわたる里に入りゆく

春の水ゆるむことさへ言はぬまま老いのひと日を照らす太陽

眠れねばひとり飲むさけ発泡酒　常念岳の孤独を思《も》へば

街灯はみんなの道を照らしをりわたしの願ひを置きざりにして

ニースの海の空の深さよ　しばらくは今日の没り日を心に点す

遠野の風

億万の花びら空を埋めむかわづかに紅きつぼみとなりて

青葉風いのちのかぎり吹くからからに耳立つるなり地蔵のわれは

輝りて降り　ふりてまた止む空ながら常念岳に陽はかたぶくも

ゆきよ雪　遠くに塩の香りして己が生国誇るがごとく

梅雨降らす空とは言ふもしばしだにわづかに灯る夜の星を待つ

白馬嶺の日暮るるあたり空ありて涙にも似て点るきら星

ひと夜さの夢のをはりは耳立てて遠野の風を聴きつつぞゐる

いくそたび夏はめぐれどあふれくる遠き泉の音うたがはず

ひとたびはかなき宿命悔めども仏となれば手を合はすのみ

蠟燭の灯るともなき細き火に心燃やして逝きたきものを

山のおと　風の音など聴き分けて黄泉路にむかふ仕度ととのふ

ピカソ絵*の胸もと豊か美人画にみおろされてをり夜の食卓に

*パリにて求めた複製画

香水などふりたることのなき妻がシャネルと言へばなぜに振り向く

五章　あるな再び

さよなら昭和

戦ひに敗れたる昭和抱きしめて紛れゆきたし一人なりとも

ちちははの明治は遠く　汐退きてゆくごとさみし俺の昭和も

認知症のきざす身ながら吾が詠ふうたは昭和のはなむけの歌

彼岸花にはかにひらきて萎れ出すまでに老けたり昭和の時代

昭和に生《あ》れ昭和に生きて逝かむとぞ　命の糸に触るるな誰も

いつ果つるのかもしれないこの命　英霊の血潮激つばかりに

たまきはる戦中生きていまの在り　思ふはいつも日本の行方

迷ふなく貧しき時代ありと書くこの鉛筆の芯わづかでも

どんなにか苦しきこともありけむと思ふに微笑《ほほゑ》む父の遺影は

杳《えう》たりし過去を思へばうらがなし黄泉路の門をたたく歳きて

血の失せて　骨となりても頑な吾のししむら歴史の遺産

みかどの笑顔

ああ明治・大正・昭和・平成と世代うつれど時間《とき》はつかの間

必ずや時代の闇に日が沈む昭和はるけし　そして平成

平成を閉づると思《も》へばなつかしきみかどの笑顔と震災さへも

夏の雷とどろく空よあといく日　平成の世と　吾の命と

激動の長き戦後の世にありて平成なかなか燃えつきぬなり

いつまでも軸をかしげて立つ地球平成終ると誰が言ふとも

平成があといく日と数へつつ今日の夕日をまなうらにおく

真夜中のくら闇のみが待つてゐる戦後の塵の多き無惨に

明治の気骨

戦後史は「九条」「平和」にあけくれて日本の空に咲く彼岸花

億年の記憶の一つに戦後あり国おこさむと汗を流しき

おのづから思ひわづらふことありや明日の幕は誰引くものか

いつの日か命召されてゆくまでを足あとのこすと地下足袋をはく

なにすると言ふにあらねど野良に出づ鍬を休めて尿《ゆばり》などして

ときとしてたまたま漏らす尿にも老いのかなしみまた一つ増《ふ》ゆ

焼きつくす気象のもとの老い欅明治の気骨言ふ人なきに

原爆忌　あるな再び１

この命枯れても思ふ八月は知覧の空と　原爆雲と

空を裂く雷鳴のあり　かの街を瞬時に焼きける雲のありしに

原爆の灰降らす日のふたたびはあるなと祈る　入道雲に

太陽が日本の空を焼いてゐるあるな再び今日原爆忌

身のしまるピカドン・肉弾・玉音　に心いらだち香を炷くなり

枯れつつも涙を流す一樹われヒロシマ・ナガサキ・フクシマのため

八月の十五日ばかりが身を責め来《く》　責めて甲斐なきことと知れども

少しだけ傘をつぼめて歩みゆく湧き立つ雲を思ふときには

思ひ切り哀しむものかヒロシマの空の碧さと深さ量《はか》りて

とことはの日本の忌日十五日　敗戦と言ふも　終戦と言ふも

特攻兵　あるな再び２

海ゆかば　軍艦マーチ　白き雲　人間魚雷　零戦もまた

いつまでも語りつたへむ日本の人間魚雷　零戦のこと

うら稚《わか》き魚雷となりしますらをはおほかた女《をみな》を知らざるままに

死してなほ世に鮮《あらた》なり特攻兵　戦後と言ふはつかの間のこと

日の丸をみれば必ず立ちどまる国に殉じし若人あれば

夏草の中　あるな再び３

「九条」「ヘイワ」と言へば足りたる一時代なにを問ふべき　夏草の中

すすけたる冬のランプを磨きゐて思ふもはづかし日本の行方

死者たちの声はいらぬよ蟬の声　されど湧き来ぬ涙こぼして

夏草の戦ぐかなたに送りたしされど送れぬ八月十五日

人生の伴走者として従《つ》き来たる敗戦ありきひとは知らじな

英霊　あるな再び 4

敗れたるみ霊よ還れかへり来よ七十余年隔ててゐても

はらからと山河待つから還り来ませ鎮まり難きあまたみ霊の

うぶすなの森に迎へし英霊の帰還の函の白かりしこと

英霊の帰還の函を指さして父とは呼びし子らのありしか

敗戦のうたを詠みつつ息絶えし人をこそ思《も》へ千年経ても

靖国に眠ると言へどかの日には母の乳房をふふみしものを

国のため幸《さきはひ》うすく逝きけむか靖国神社に眠ると言へど

長かりしトンネル抜けるはいつのこと夢の中にも白旗掲ぐ

人間の業　あるな再び５

昭和期は竹に節あるごとくしてその結節に戦争ありき

葬送の流るる聴けば顕ちてくる昭和を飾りしはなむけの花

夏草は繁るにまかせ伸びゐたりその暗闇に国民《くにたみ》ありき

平和とは戦争前のひと休み〈人間の業〉まだ生きてゐて

人命の代価に得たるはひとときの平和なりとも風前の火か

昭和とはさすらひの船いつまでも流されながら兵の声する

戦敗れ七十余年　まぼろしの墓標のあるを廃船と呼ぶ

昭和とは割れない土俵いつまでも俵の角にふんばつてゐる

絹の白妙　あるな再び 6

ひとたびは焼土と化ししにつぽんに再びあるな災禍の痕を

黒潮に撓ふ列島にもの申す母なる国の行末のこと

安曇野の上に湧き立つ白き雲ヒロシマの空は遠くにあれど

ヒロシマと言ひて閉ぢたる唇をひらくは深き沈黙ののち

湧く雲は絹の白妙さりながら日本の処刑を思ひ出させて

遠き日の記憶はいまも吾を喚ぶ八月の空ヒロシマの雲

戦争の血肉に代へて得たるものされど還らぬ英霊あまた

青柳幸秀歌集『安曇野慕情』跋文

八十代の挑戦

――昭和一桁生れの哀歓――

秋元千惠子

青柳幸秀の第一歌集『安曇野に生きて』刊行にかつて関わった者として、この二冊目の歌集『安曇野慕情』を興味深く読んだ。

第一歌集の切っかけは、八年前の、いま現在でもその苦しみを強いられている東北地方を襲った巨大地震だった。この三月十一日の地獄を見るような津波を「海の反乱」として歌集の中心に編んだ。著者の一徹に火が付いたその大作は忘れ難い。

通常、はじめての歌集といえば、たどきなく、無作為に書き留めたものの多いなかで、非凡な歌集となり、おおかたの評価を得て、おそまきながら歌人としての出立となった。

それだけに、第二歌集ではその成果を何らかのかたちで超えねばならぬ、それなりの覚悟が必要となる。

特に難しいのは、平穏無事の日常生活の積み重ねの五年間。安曇野の四季も、農業の環境も作品の素材となる見るもの、なすことに特別の変化がなければ、受動的に作品は類句、類型化をまぬがれることはだれしも不可能に近いからだ。

この作歌上の難問をどうするか、著者の腐心の格闘がこの歌集の見所であり、はじめに私が、興味深いと言った由縁である。


著者の短歌の根は、三十代頃から関わった地元の短歌結社「露草」にある。作歌上の信念として調べを重んじる姿勢は、いまだに変りない。短歌が短歌で在り続けるならば伝統の調べはないがしろに出来ない事を、肝に銘じて学んで来たからだ。

その上で、宿命的磁場の産土での類句、類想に気づき、その投網《とあみ》から抜け出そうとする心情の冒険のあとが、歌集の随所に見受けられる。

現在著者の所属する東京都杉並区の、短歌文芸誌「ぱにあ」では、誌名の「ぱにあ」の由来〈枝編みの大きな籠・の意〉で、子供や野菜、果物、花などを入れる、素朴で個性と生命感あふれる会員の作品を象徴しているように、歌風に拘束はなく、会員が表現したい方法を、自己責任において許容している。

その一例として会員の神田美智子と著者の作品を対比させて紹介する。冒険と捕えるか挑戦とみるか。

わが渋谷の地底の洞《うろ》を照らしたりクレーンの吊す巨《おお》き日輪（『忘れ得ぬこと・渋谷』）

この都会の属目詠に対する安曇野の著者は、

エンジンをかけてハンドル握るなり軽トラックに夕日を載せて（祖父の写真）

がある。クレーンが〈吊す巨き日輪〉・軽トラックに〈夕日を載せて〉、のいずれも、自然界の一瞬をとらえた恩恵の地方色のある没日の表現として新鮮な趣がある。

常套的な類型を避けた、作品の成功例であるといえるだろう。

また勤勉な著者は、歌書に良く学んでいる。その中での模倣めいた言語も見られるが、〈短歌にはあらざるものを一日の揺れる心に数行を割く・（空に鳥啼く）〉と自覚もしている。

当然ながら、作品創造の過程の苦悶は、歌集の本題の「慕情」の深遠、振幅にも関わり、その質感も量感も単純ではない。

喩えば、卑近な例になるが次に二首対比させてみるといくらか理解されるだろうか。

縄文の埴輪は闇を食ひ足らひ小さき唇もつを愛しむ（砂時計）

まなぶたを閉じては眠るさみしさも　乾きすぎたる吾が唇も（紋白蝶）

どちらも「唇」がキーワードの、相聞が心底にある。これも慕情の象《かたち》だが、甘く流さない独自の手法が見て取れる。

「縄文」への拘りの歌にも慕情がある。

生き古りてさみしきときは離山《はんなれ》の縄文土器の笛吹きゆかむ（有明山）

一本《ひともと》の稲穂かざして見る様《さま》に縄文人の血潮たぎり来（落ち穂拾ひ）

著者の青柳姓の柳は実は「栁」であると問わず語りに聞いたことがある。「落胤の祖の嘆きを風に聴く心乱れて雨にぬれても・（祖父の写真）」に思いが及ぶ。落胤の裔であることのいささかな自負を「誇り高き言葉ならねどひそかにも百姓と呼ばれて騒ぐ血のある（俺のふる里）」とも、歌い記している。この縄文時代に遡る祖《おや》が開拓し生かされてきた安曇野の大地を、引き継いで守っているという自負と誇りを内包した著者の日常詠に注目してみよう。

貧しさに耐へ来し祖か鎌の柄は手あかなくとも凹みを遺す（祖のふる里）

幾世代農に生きたる証とし馬頭観音在《ま》しますここに（同）

穫り入れの終れば山に炭焼きぬ　冬のうからの炬燵の炭に（祖父の写真）

老いてなほ己がつくりし飯食めばたべよと母の声が聴こゆる（自販機）

赤きリンゴ頬張る冬よ　安曇野に生きていま在る命癒さむ（同）

安曇野の石仏《ほとけ》の胸には天明の飢忍の記録の刻まれてあり（道祖神）

渇きゆく畑を眺めて立ちつくす豪雨のあとのこの天変に（納屋隅）

納屋隅に蓑と草鞋が発光しこの世怒《いか》れと吾をうながす（同）

安曇野を「母なる大地」と呼び親しみ、その野の涯に聳え立つ常念岳を、「畏怖の父」のごとく慕いつづける著者にとって安曇野と常念岳は、一対の産土、父母の魂の在り処である。

猿の長《をさ》吼えてをらむかひもじさに有明山に日の暮るるころ（有明山）

常念岳に向かひて登る一の沢　山の獣の水浴むところ（祖父の写真）

安曇野は常念岳の屹《た》つところ老いて吾が持つ杖突くところ（有明山）

脊柱管狭窄症の腰の手術を受け、一年後には両膝の手術もした。今年八十六歳になるというのに、「水田約五ヘクタール、水田への麦作ほぼ十ヘクタールを耕作している」と聞いていたが、近年力を入れて栽培しているセロリは見事である。

選ばれし神の姿か強風にあふられながらも麦の戦ぐは（麦の潮騒）

と、杖を力に麦畑を見廻る作品も少なくない。

第一歌集からの積年に亘る年齢からくる心弱りの歌も顕著にあるが、あえて具体的に悲哀を表立てない次の作品の、寂寥感は味わい深い。

雪風巻くかなたときをり顔を出す孤影は冥し常念岳の（有明山）

よこしまな吾の心に降る雪か　自然の怒りいつまで続く（真昼の月）

やがてくる死の裁きにも身構へて襟立て歩む一直線に（同）

『安曇野慕情』で目に付くのは、二首目に使われている〈よこしまな吾の心〉の作品のような自虐的な言葉の多用である。三首目の〈裁き〉にしても、多少ニュアンスは異なるものの、一途な思い込みを感じるが、その心根はどこにあるのだろうか。たとえば、

つつましく短歌《うた》詠むたびに蘇る一輪挿しの花のいきづき（影法師）

などは先に冒険とも挑戦とも、という表現を私がしているが、謎めいた作品である。

よくみれば一輪挿の花姿　うつし身なべて管にゆだねて（世捨人）

一輪挿の花は、病に伏せる女人の姿だったのか、「がんを病み逝きしきみゆゑ手離せぬ心の中の白き手袋・(悪童丸)」。仕掛けられた謎を強引に解けば、この歌に行き着く。情緒的に描写をしない覚悟を新しい方法として、告げるべき事の真実に思考を集中させようともくろんでいる。完成度などという定規では計れない、不満を残しながらも、創造の過程の手の内を読み取った気分であるが、一方では〈つつましく短歌詠むたび〉の〈つつましく〉とは何のことか、歌集にちらばる、星、花などに託した作品のことだろうか。感覚か感情かで異なるが、著者の聖域とでも言っておく。星への慕情は億年も輝きつづけているはるかなる祖先の魂にも重ねられ、手の届かぬ亡き人へのたゆまぬ思慕でもあろう。

日の没れば一樹となりて夢をみる昔の人を思ひながらも　(暖簾)

「木」は、この歌集でさまざまな意志と姿を持って立ち現われる、読者と一緒に考えるのも一興である。

裸木《はだかぎ》となりて気高き祖《おや》のごと　一本《ひともと》ぶなの冬の直立　(地球の磁場)
焼きつくす気象のもとの老い欅明治の気骨言ふ人なきに　(明治の気骨)
北風に枝しなはせて耐へてゐるこは老木の意志の一つか　(悪童丸)

老木は己が世界に戦ぎをり風に従ふ余裕を持ちて（足しのばせて）

アトランダムに引いたが際限ないのでこれで留めるが、木は、祖霊でもあり、自像としても歌われているが、同じ素材を用いて、類句、類想でない詠風は、強たかである。

少しづつ余力のこして沈む日に老いたる吾は口笛を吹く（世捨人）

安曇野という大舞台の袖でエールを送っている。かと思えば、

ゆく秋の細き光を浴びながら道祖神《くなど》は見えぬ眼をひらく（道祖神）

安曇野の斎なる中のいちにんで信濃訛りの毒すこしもつ（貝殻と人間）

「ずら」と言ふ信濃の方言ささやけば渇きをしらぬ原風景が（真昼の月）

ふるさとを、こよなく愛してやまぬ著者ならではの傑作である。いずれも冒険的な結句が意表を突いて、平凡を非凡たらしめて、味わい深い。このようにさまざまに努力の芸を見せて呉れたが、ここまで観れば、もはや、冒険というより挑戦というべきだろう。

次に紹介する作品をこれまでの作品と比較対照すればその差は歴然で、歌人であろうとする意識の高揚感が観じられる。

風さそふ山の紅葉《もみぢ》の寂しさよ山脈《やまなみ》なべて燃やしつくして（地球の磁場）

瞳《め》の中の眼《まなこ》みひらきしばらくは全き紅葉の岳《やま》を見放くる（同）

つむる瞳《め》になほ鮮やかに声あげて落ちてゆくなりここな紅葉は（同）

穂高、白馬の連峰を遠景に、安曇野で歌う心声昂揚の絶唱である。

けふの日は小倉の山にかたぶくも定家のをらぬ寂しさここに（古都つれづれ）

とも歌う著者だが、日本の伝統和歌を模倣した作歌姿勢を変え、21世紀に生きる独自の表現を構築しようと、失敗を恐れぬ姿を私は見て来た。

特に、類句、類想の多いのは、昭和一桁生れの著者が遭遇してしまった時代、祖父母、父母が嘗めた辛酸を共に味わった戦中、戦後の安曇野における生きざまであり、戦後七十年余の昭和は、父母亡きあと、ことさら忘れ難く噴きだす哀歓の底流にある「戦争」の記憶などの歌である。

安曇野の　かれ葉一枚手に載せてまづしき戦後今に思ふも（霜の結晶）

著者の歌集の最終「五章」の〈あるな再び〉に、まとめられてある深い心境詠を、類想の利点とみて少し多くなるが紹介する。

ちちははの明治は遠く　汐退きてゆくごとさみし俺の昭和も（さよなら昭和）

認知症のきざす身ながら吾が詠ふうたは昭和のはなむけの歌（同）

この命枯れても思ふ八月は知覧の空と　原爆雲と（原爆忌）

うら稚《わか》き魚雷となりしますらをはおほかた女《をみな》を知らざるままに（特攻兵）

人生の伴走者として従《つ》き来たる敗戦ありきひとは知らじな（夏草の中）

はらからと山河待つから還り来ませ鎮まり難きあまたみ霊の（英霊）

昭和とはさすらひの船いつまでも流されながら兵の声する（人間の業）

湧く雲は絹の白妙さりながら日本の処刑を思ひ出させて（絹の白妙）

昭和とは割れない土俵いつまでも俵の角にふんばつてゐる（人間の業）

歌集に散見する類句、類想は、こうして動かし難く、昭和一桁生れの辛酸を嘗めた男の心底に存在しつづけることがらの哀歓によって否応なく発生する声である。が、修正の試みは、短歌界の通説の枷に関りなく、みずからに負わせた試練である。

八十六歳にして一徹に挑戦する青柳幸秀のこの根性と努力を私は称賛する。

おわりに、表現の方法に苦しむ内実のもどかしさを書き付けた作品を引用して置く。

残り世は常念岳を眺めつつ短歌《うた》の世界に花を飾らむ（よだれかけ）

悔しい存念に、歌人魂が内在している。

もの言はぬ常念岳を思ひつつ冬の太陽ふところに抱く（有明山）

亡父《ちち》がゐておほ祖《ちち》もゐて　馬もゐて俺の安曇野まだ大丈夫（拾ケ堰）

「選歌は批評である」という覚悟を持って、この作品の内実に存在するものこそ、「安曇野慕情」の真骨頂であると真顔で言いたい。昭和初期頃までは確かであった家族制度が徐々に崩壊しはじめ、先祖代々の墓の墓石までが撤去され、寺山にガレキのように積まれているのを見ているが、こうした時代のなかにあって、安曇野の地に、生を全うした祖先を尊び、その血脈を受けついでいることとの自負と誇りを、これほど自覚している著者は、平成の終焉の世にして実に希有な存在であり、その多彩な作品も貴重である。

折しも、時代《とき》はいま、東日本大震災から八年目の三月十一日。著者に記憶の歌がある。

東北の災禍の嘆きなだめつつ思ひは及ぶここ安曇野に（ピンコロ地蔵）

飲食《おんじき》はホモサピエンスのはかなごと原発の電気たよる暮しに（ピンコロ地蔵）

遠い縄文人の裔が、こうして平成の末期、安曇野に根付き、国策の原発による電力の恩恵を受けながらも、被災地の人に慚愧の思いを馳せ、日本列島の宿命的磁場に存在する郷土を安んじている。

「俺は百姓だ」と常に口にする著者の、「安曇野慕情」は、地に足の付いたこの郷土愛でもある。はからずも、四月一日新元号が古典「万葉集」に拠り「令和」と定められ、歌に由縁の表現者にとって後押しとなった。この「令」については縷縷《るる》と語られているが、引用された「令月」について云えば「万事をなすのによい月。(和漢朗詠集)」と在り、令和元年五月一日、奇しくもこの「安曇野慕情」の旅立ちとなったことは真実《まこと》に意義深い。

生命ある限り安曇野で歌い続けるであろう青柳幸秀氏には、あらたなる挑戦を期待して、歌集をお読み頂いた方々には、彼の、八十代の挑戦に温かい声援を心よりお願い申し上げ、拙文を閉じます。

平成三十一年三月十一日

あとがき

玄関から少し歩いて木戸先へ出てみると、残雪の常念岳が美しい。弥生三月も過ぎ、すでに四月だと言うのに朝日の中に輝いている。

常念岳は、安曇野にとっては欠かすことの出来ないシンボルである。ものにこだわらない私は、ためらわず歌集の名を「安曇野慕情」とした。前の「安曇野に生きて」に続く二冊目となる。

貧しくもこの地に長らえてはるか、土に還ってゆかざるを得なかった祖《おや》たちと、私を育んで下さった大地への精一杯のはなむけの意をこめたつもりなのだが、さてそこは。

私は短歌を始めてどの位になるのか、気付いてみるとペンを握っていた。昭和三十年代初頭のことである。しかし詩を書くなどと言った、大それたものではとてもなかった。

やがて、長野県近辺の地方誌「露草」に載せることとなる。主宰は、自由奔放に生き、武者小路実篤とも親交のあり、豪農の誉れの高かった降旗吉衛であった。地方誌と言っても、吉衛は太田水穂の主宰する「潮音」で名声を、確かなものとしていたとも聞いている。

草原に荷車ひとつ捨ててあり雲雀の声のおちにけるかな
道普請庭に投げある玄能に蝶ひとつゐて陽のさしにけり

この吉衛の世界は時代を経ても色褪せるなどとても考えられない。

吉衛亡きあとを継いだのが、丸山敏文であった。氏は伊那谷で教職に在ったものの、若くして胸を病み、職を去ることとなったのだが村に帰って、旧堀金村の教育長につくなど、人望をほしいままにしていた。

そこで知己を得たのが、筆を持たせれば、誰一人、右に出る者のいなかった俊才太田陽啓である。以下前回も同じ事を書いたのだが、また書かねば私の心が許さない。

前と今度の二冊の本は、全てこの氏とのかかわりの中から生れたと言っても過言でない。太田氏との縁により、伊那谷の歌人久保田幸枝との接点が出来、久保田氏の推挙により、東京の短歌文芸誌「ぱにあ」の秋元千恵子氏の懐に辿り着くことが出来たのだから。

氏はすでに中央にあって、名声の高かった上田三四二に心酔するかたわら、東京にあって超結社の歌人の集い「現代短歌を評論する会」のカリスマ的存在ともされていた玉城徹の門もたたいており、私にとってはとてもまぶしい歌人であった。

尚、さきの露草誌も、今の主宰小林正昭氏により、着実に足跡を印していることは誠にうれしいかぎりである。

なぜ私が短歌の片鱗にふれることになったのか、流れゆく雲に心をよせることが出来たのか、考えても自分でも分らない。

もしかしたらしらぬ間に三十一文字に酔ってしまっていたのかもしれない。

強いて言えば、母親がいつも私に乳をふくませながら、小倉百人一首を口ずさんでいた。

しかしなぜ小倉百人一首なのか、藤原定家なのかと言ってもとてもしる由もない。でも松本市の実家、浅輪家の血縁には教職に身を投げ出す人が多く目立つ。そんな血が私のなにかを動かしてくれたのかもしれない。もち論、豊かな安曇野の大地と、ひたすら根をはって生きてきた、先祖の血すじのあったことは言うまでもないのだが。

安曇野と聞けば誰しもが思うのは、雪を戴く厳しい北アルプスと、自然豊かな大地。どこまでもつつましく、いつも誰にでも優しく微笑みかけてくれる石仏。ここの風土は長らく、しる人にこそしられ、愛されてきた。とりわけ、近代アルプニズムの黎明により、多くの人のしるところとなった。

幾世代農に生きたる証とし馬頭観音在《ま》しますここに

これは私の貧しい短歌であるが、ここの地は長野県内でも希にみる豊かな所であり、いつでもよそ者の旅人さえ温かく迎えてくれる。

はるかな昔。この山深い地をめざして来たのは、遠く九州の地から、荒海の日本海に沿って辿り着いた〈海の神々〉達であったとのこと。今でも安曇野の中心の地に穂高神社がひっそりと祀られており、秋の例祭には、船をかたどった山車が奉納されている。醍醐天皇の延長五年（九二七年）に撰進された『延喜式』にも記録されている。とにかく、古い神社である。

私は数字にうといので、詳しくはしらないが、私達が今ここに在るのは、多くの幸をはぐくんで下さったご先祖様があってのこと。この本をみるにつけ、安曇野の風の騒いでいるのはうれしいことである。

この歌集はこれら多くのみ祖たちと縁ゆかしき方々併せて国のために尊い命を落してしまったみ霊に真心をもって捧げたい。

ここに載せたのは「露草」の中からと、「ぱにあ」の殆どである。短歌はあこがれであり、祖の血すじの足跡である。私は安曇野の老農の叫びを読んで下さるだけでもうれしい。

このたびまわりの人に多大な迷惑をかけてしまった。特に「ぱにあ」の秋元千恵子代表には、東京の打ち合せなど色々とご指導をいただいた。併せて、跋文と帯文までも書いて下さった。

また「洪水企画」の、池田康氏。忙しい中に大切な時間をさき教示をいただいた。併せて美しい写真を提供して下さった、「安曇野のデザイナー」の浅川隆氏、「安曇印刷」の藤原理康氏などに心より御礼を申し上げ筆を閉じたい。

平成三十一年四月一日　深夜

青柳幸秀（あおやぎ・ゆきひで）

昭和 8 年 10 月 21 日　長野県南安曇野郡烏川村に生まれる（現安曇野市）
昭和 20 年 4 月　長野県南安曇野農学校入学（のち長野県南安曇野農業高等学校となる）
昭和 27 年 3 月　長野県南安曇野農業高等学校卒業以後農業一途に従事
昭和 35 年　歌誌「露草」に入会
平成 18 年　長野県歌人連盟幹事
平成 20 年　長野県短歌大会に於いて県芸術文化協会賞受賞
平成 21 年　短歌文芸誌「ぱにあ」入会、同人
平成 24 年　松本市芸術文化祭市民文芸展短歌選者
平成 25 年　第一歌集『安曇野に生きて』刊行
平成 28 年　「ぱにあ」編集委員になる

現住所
399-8211
長野県安曇野市堀金烏川 4747

歌集

安曇野慕情

著　者	青柳幸秀
発行日	令和元年 5 月 1 日
発行者	池田康
発　行	洪水企画 〒 254-0914 神奈川県平塚市高村 203-12-402 TEL&FAX 0463-79-8158 http://www.kozui.net/
装　幀	巖谷純介
印　刷	シナノ印刷株式会社

ISBN978-4-909385-13-0